歌集

顔　かほ

波多野幸子

六花書林

顔かほ　＊　目次

I

Ⅱ

装幀　真田幸治

顔 かほ

I

戸主

雪の中人影のなき越後路の聚落なべて車庫並び持つ

雪の山路走りて長きトンネルを出づれば桜花耀ふに遇ふ

戸主なれば自治会長をあひ務む八十歳の吾にヘルメット配られ

鍋バケツ箒金槌置く店に孫の手やうやう見つけて求む

もろもろの思ひ封じてベランダに星を眺むる今宵ひととき

戦果てし日

積乱雲立ち上がりゐる青空と暑熱につながる戦果てし日

はばからず灯せることをひそやかにまづ喜びぬ戦果てし日

その昔学徒動員ありたりき学ぶ思ひの深まりたりき

人も木も生気失ふ暑熱の中蟬一匹のとぎれつつ鳴く

橅

みちのくの森吉山に立ちて望む四方の山の藍の濃淡

視野しむる橅の木立の中にあり馨はしき気に五体浸りぬ

幹の一部削げ落ちしまま四百年根をはる橅は堂々繁る

垣のうち小暗き処にすくと立つ目覚めよとばかり石蕗の花

大根を短冊に切り柚子と和へる晩秋の味は姑の味

唇の紅

子供らを門《かど》に見送り仰ぎたる空に金星一つ輝く

くれなづむ空のぼりくる満月はガラスのごとく淡く透きをり

透明に月のぼりつつおもむろにレモンの色の輝きを増す

一年の闇を放ちてゐる雛おすべらかしのややに乱るる

この雛わが許にきて五十年小さき唇の紅は変はらじ

送り火

森の中にひと日涼しき風まとふひとりの飲食あはあはしけれ

太く高く育つ木のもと倒るるあり原生林のきびしき空間

世のありやう子等の暮らしのありやうを諾ひひとり送り火をたく

俤は追ひ追ひ淡くなりゆきてうつつのわれの負ふもの重し

紋様

大方は石の建物灯さるるひと色の灯がドナウに揺らぐ

ウィーンは石畳の街路マンホールの蓋の楽譜の紋様楽し

旅果つる機に微睡みて夢をみき到着ゲートに黙し立つ亡夫《つま》

ピアニシモの長き余韻に「葬送」果て音なき空間に心浸しつ

「又会ひませう」

ひとり生くるわれら媼の別れ際に交々約す「又会ひませう」

為しことの具体をなぞりいささかの安らぎを得て一日を閉づ

寒風に震へながらに空に向く沙羅の冬芽の光る銀色

ゆるゆると花茎擡げゐし福寿草雨のち晴れてほうつと開きぬ

休日は雪となりたり籠りゐて陶器の鍋に虎豆を煮る

当面の所得計算はさておきてミモザの刺繡に一日を遊ぶ

古き患者

幅一間高き敷居の玄関に双手をつきて迎へられたり

病む人へうからの情け篤くしてとつとつ訊かるる恢復のすべ

卒寿なる人の胃瘻の是非問はる理のみにことは計りがたかり

老衰は絶対条件さはされどうからら胃瘻の是の理にすがる

可能性零とは言へず悔なきにするも一つの選択と告ぐ

この人の祖父母ちちはは看取りたり半世紀に及ぶわが業に

古き患者の心に残る言葉あり例へば「私にはこの家がある」

藍染の布

緑まだ萌えぬ山々諸木々の梢やさしくそよぎをりたり

藍染の布に刺子もて記さるる「夕霧峠」を装幀展に見つ

山荘

巡りくる季《とき》を違へず石楠花は淡き色にて咲き初めたり

樹形やや乱るるままに石楠花の薄紅の花ひらきつつあり

白樺の根方に若葉を拡げゐる延齢草に迎へられたり

唐突に雨降り初めて迫りくる森の匂ひは雨の匂ひぞ

息子と二人しばしを過ごす山荘に少し重きこと話し合ふ夜

年を経て樹々深山の相なせり山荘つつむその気愛しむ

森の樹々時経て大きく育つあり倒るるありて風格増しぬ

アラスカ

北国の朝の空の浅葱色を白樺樹林に安らぎ仰ぐ

荒々しき道を六輪駆動車に花充つるとふ山を目指しぬ

天と地の交はるところ雪光る山は藍色にうねりて続く

北国の短き夏に山の花咲き盛りをり足置く地なし

カムチャッカになかなかまど白樺丈低く空を覆はず茂りてゐたり

春の陽を待ちゐし白樺一せいに芽ぶきて新緑匂ひたつごと

金の砂もて描きしごとく定かなる天の川仰ぐはるばると来て

オーロラを待ちて見上ぐる北の空に鮫小紋のごとあまた光る星

オーロラは見えずともよしアラスカのこの満天の星を仰げば

満天の星の彼方に青白きものうごめきてオーロラ生るる

ビロードのカーテンの襞の緩やかに蠢くさまのオーロラみたり

大き熊瞬時に鮭を仕とめたり声を殺して感動分かつ

白き威容青空を突くマッキンリーまなかひに見つ揺るる機上に

カムチャッカ発の機に鄙の娘さながらのスチュワーデスの瞳の碧《みどり》

異国語をＢＧＭのごと聞きて小さき空港に風熄むを待つ

さより

さながらに春の潮のごとき青とどめてさよりの身の透きとほる

齟齬きたし俄かに帰りし娘《こ》の箸の卓に残れり揃へたるまま

メールにてくひちがひ解けほつとせり母娘にあれば笑ひて終る

枯色の庭にやうやう兆す春蕾膨らむ椿を数ふ

老医

具体的理由のなくて診療を辞めん辞めんと数年経たり

草木の萌えいづる季老医われ一生のなりはひ退くことを決む

医師と主婦　阿修羅のごとき日々なりき数へてみたり子等との遊び

入院を拒むにあらねど老患者は無言にわが手を握り続けぬ

幾重なる花びら影を重ねつつ薔薇おのづからまろき形なす

羽化

朝の陽のななめに差しこむ森の中広葉の上に光あやなす

白樺の葉群かすかに揺らぎゐて風の音ここに届くことなし

夏極み蟬は羽化してはかなきにとぎれとぎれに鳴く一つ声

意のままにならざりしことも過ぎ去れば経過のひとつと今は諾ふ

山肌

山肌のあらはに聳つ浅間山ひとりのたつきつらつら思ふ

山家への落ち葉にうづもる道行けば一足ごとに異なる音す

山荘の落ち葉散り敷くアプローチやさしきものが足裏に伝ふ

開《あ》け閉《た》ての少なき処に点る灯の揺れざるごとくさやかに生きん

生業

紅梅に続き白梅咲き初めて一日安らぐただそれのみに

けふひと日音なく雪は降り続きこの世に一人生きゐる心地す

見る限り雪に真白となりし界しばし浄土に身を置くここち

思ひたてば迷はず決行するわれぞ童帰りの兆しならんか

ふるさとの駅に停車の車窓より何となけれど知り人捜す

生業《なりはひ》の最後の所得の計上に軽くなりたる数値のいとし

余暇

春の雨ひすがら降りて籠りつつ自らに問ふ今日したること何

懇ろにいれたる煎茶をゆるり喫むかつて望みしかかる時のま

久々に会ひたる友と語らひぬ余暇のことなど肩肘はらず

日暮るるに夕餉は先へ押しやりて本を読み継ぐ一人の暮し

ゆうるりと煎りて殻剥きやうやくに翡翠色なす銀杏にまみゆ

わが庭に根をおろし生くリュウキンカ春陽を受けて花びら光る

穏やかな老いの暮しに届きたる花の便りに心ざわめく

顔と顔

この歩廊孫は朝夕歩みゐん子の住む町にしばし停車す

木杓子に抵抗しつつ透きてゆく鍋の苺をゆるり攪拌

開きつつ日々色変はる紫陽花や私の今日は昨日と同じ

自転車のわが耳さやる初夏の風この言ひ難き風の音はや

一つことに集中するを諾ひて一日の大半一つことなす

自宅《うち》にても山の家にても一人なれど山家の孤独に思ひ深くす

四十五年住みたる家の不都合も縁の一つ愛しみ暮す

夜の更けに背戸に送り火ひとり焚く常より親し逝きにし人ら

火を囲み苧がらをくべし顔と顔おもひ起こしぬ盆送りの夜

花火

山中に綿菓子のごと咲く桜今のみぞ知るその存在を

この星の最も大きわだつみを渡りて来たる風が額撫づ

外房の浜に思ひぬこの美しき海が折ふし荒れて狂ふを

浅間山の麓にうくるこの恵み揺らぐ木漏れ日滝のとどろき

ささやかなわがもの好きを許し給へ撮影せんと旅を目論む

轟音に開く花火の立体と消え際の繊細ふたたびはなし

空広き越後片貝の丘に上がる四尺玉の花火のスピリット

おいしい

「おいしい」といふ言の葉の幸せよ自ら言ふ時言はれたる時

飛び来たる種子をその樹皮に育てしむる桂の古木ゆるぎなく立つ

着生の桜に花を咲かしむとぞ芦生の森の桂古木は

露を置く岩肌にしかと根をはりてしがみつくごと生ふる水楢

ことごとく形揃はぬこの棚田見えざる労を思ふ時のま

観覧車

観覧車の席を占めたる老女三人やがて声なく下界見おろす

高々と観覧車より見はるかす緩き弧描く紺碧の海

遠からぬ未来のさまに懸念抱く細胞移植クローン人間

この家に住み初めし秋が基準なり庭の楓の紅葉の遅速

たつぷりと向き合ふ時を持ち得しは夫職を退き病み初めてより

生体反応

ささやかな事一つ成し心足る昨日と異なる今日の一日

ゆくりなくめぐり会ひにし人ありて約して会うて時わかちあふ

背、肩、足、ひたすら寒く籠りをり生体反応鈍き老いの身

頼りたき思ひどこかに潜みゐて双掌に熱きカップをつつむ

臘梅の背後を占むるは青ならず水色ならぬ空色の空

今日のため促され咲く桃の花ややに萎れて雛の辺にあり

金色

長き旅の始まり告ぐる汽笛鳴り乾ける心ひりりとさやぐ

陽のかたち雲に覆はれ見えざれど彼方の海の金色《きん》の煌めき

金色に揺らぐ大洋の波見つむ視野も思考も妨げられず

船上に稀有の思ひに眺めたり遮るものなきゆるやかな弧を

この宿の心づくしの亀のさしみ淡紅色を怖づ怖づと食む

戦跡の見学ツアーには参加せじ酷き戦時を生きこし吾は

托したき思ひは伏せて自らの望みに生くる孫を見守る

三分

砂時計二つ並べて競はせるやらずもがなの事をせしかな

三分を長きと思ふか短きか心のさまにて時間《とき》は異なる

責を負ふ仕事を納め三年余吾の暮しのリズムのゆるび

街の夜景　刺繡をしたるこのバッグ窓のビーズが光を放つ

湖色

刻々と湖の色変はりゆくさながら夜を溶きこむやうに

湖に立つさざれ波位置変へず優しきもののざわめき思ふ

かつてかかる時を求めし事ありき富士望む宿に独り拠りたり

燃え上がる情熱今は遠きもの温き冬陽を窓の辺に浴ぶ

たゆたふ

この町に永く住みゐて馴染みなる店の主と会話の和む

手作りのものを並ぶる店の主の短き言葉は心に沁みる

梅の枝足元の土吹く風のなべてぬくとし伊豆の梅林

梅あまた競ひ咲く処巡りゆく春陽あまねき伊豆の山中

たゆたふといふ優しき言葉に添ふごとく終までの道静かにたどらん

ざわざわ

花みづき咲き盛る昼ねんごろにパネルヒーター拭ひ仕舞ひぬ

来る年の冬また使ふ事ありや些事の一つも愛しく思ふ

はなみづき数多咲き継ぐ花のあはひ若葉の緑日々色を増す

今年また居ずまひよろしく咲き初むるえびねの群れは丈を揃へて

六十年この家に住むわたくしを見守りゐるや松、椿、樅

ざわざわとわが平安の気の乱る「安全保障関連法案」

前屈

忘るるとふ老いのしくじり気付きたる自覚はなべて消極となる

はからずも街のガラスに映りゐるわが背の著き前屈を見つ

不調なる日々の続けば思ふなり終に望むは子等の温き手

かつて診し人と街角に出会ひたりかけ寄り来りてわが手を握る

目的ある行為と思ふ刹那ありしに過ぐれば淋しむ無為なりしかと

およそ世事にうときさまなる研究者の面にうかぶ強き眼光

学徒動員ありし世代の故なるやカルチャー講座の報にときめく

卒 寿

夏去りて窓辺に和みし風鈴をきはだ木綿に包みてしまふ

わが庭の手入れして来し植木屋の二代目の髪白くなりたり

さしせまる数多の仕事は等閑に咲き初めし椿ゆるゆる数ふ

一物の纏ふ歴史の叙情など許さず乞はず廃棄物とす

書画骨董うからの思ひつながるを断ちて処分す卒寿の吾は

わが脳に梗塞あるを知らされて後の経過の具体を意識す

転居

来し方の思ひの詰まる古き写真一枚ごとに取捨せめぎあふ

転居して十日あまりを籠らふに老いの身たちまち衰ふを識る

朝光はさへぎられずに届きたり卒寿の吾の新たなる家

ひさびさの冷たき雨にショーウインドウの明るき春着寒々と見ゆ

靴はきて扉の外に出でたるも土には触れぬ新しき家

ＩＨヒーター清潔便利なりさりながら愛し青く揺らぐ炎《ひ》

新しき住居の周辺如何なるやネット検索深夜に及ぶ

朝は西ゆふべは東の空望み陽光届くビルのさま見つ

ゆるゆる

覚えなき暑さに生きてゐる自覚おぼろおぼろにシャーベットすくふ

ゆるゆるの紐の結び目さながらの暮しの今を諾うてはゐぬ

卒寿とは生命の卒《をは》る齢なるやなべて機能の衰ふを識る

九十年の生の残渣か目醒めてもなほ臥せゐたき思ひゆらゆら

リモコンにロボット掃除機操りつつ古タオルもて雑巾を縫ふ

涼を求めはるばると来し山荘に憚らず過ごす怠惰な時を
夏ひと時娘家族と共に過ごす計らずも生る異なる寂しさ

膝をつきしばしわが見つゆるやかな水の流れに順《したが》ふ梅花藻

風の盆の放映果つるまで見たり共に見し友いかにおはすや

II

ネクタイ売場

藍の地に桜模様の小さき皿今年は卓にのらず季すぐ

用のなきネクタイ売場に止まらじ過ぎこしシーンさまざま顕ちて

肩を上げ首傾けよとわが体の歪みただださる証明写真に

「語感の辞典」

齢重ね苦楽もややに淡くなり清しくひとり新年迎ふ

元朝に慣ひの膳を整へて恙なきこと自ら祝ふ

横須賀線午前十時の電車内七分の六は女占めをり

家にをり女は家事をするべしとふ心の澱を沈めて家出づ

庭の鉢の水の凍りて午後三時なほ不定形に塊光る

この年の初の買物「語感の辞典」思ひをこめて机上に置きぬ

百歳

赤き薔薇のブーケ携へ百歳の誕生日迎へし患者《クランケ》を訪ふ

室内をそろり歩みて小《ち》さく坐り挨拶をする媼百歳

涼やかにブラウスを着て坐す媼吾を認めて「おかげさま」と言ふ

山の輝き

雲海はやがて茜に染まりゆくわが顔上げて朝陽をうけん

明け初めし山の輝き仰ぎみるわが双眸に映らんその色

薄明の巷を越えてまつさきに陽の届く山頂　黄金色なり

雪渓の眩しき山の許に立ち山男なりし亡き夫を思ふ

声

紅き椿照葉の蔭に咲き出でぬ冬陽明るく音なきところ

寒の陽の眩しきをうけ蠟梅の黄の花群は光を透す

家ぬちに声はなくとも充つるもの覚えつつ師走一日を過ごす

ひとり住む家に声など絶えてなしおのれの為のかけ声ひびく

傘寿すぎ意のままの日の許されて気の向くところは脚の向く方《かた》

旅のこと問はれ和みて話ししに患者あくる日敢へ無くなりき

水平線

最上川岸辺の風車の白き羽根川の流れのテンポに廻る

日本海の小島に向かふ船の上揺るる甲板に波しぶき浴ぶ

船室の窓にはげしく上下する水平線の仔細を見たし

それぞれの木々の梢はおのづから領分弁へ繁りゐるらし

黒潮のお蔭ありとふ島の森に身の丈超ゆる山椒の木が生ふ

雪

垂直に雪降りつづき石蕗は常なきさまにうち拉がれぬ

小半日雪は音なく降り積もり　建仁寺垣に二寸余の嵩《かさ》

鑿の跡数ふるほどに粗彫りの円空佛はいづれも親し

あまたなる人の手触れて木目浮くおびんづるさまの弥増せる艶

文字の域超ゆるばかりに美しき王羲之の書の筆勢たどる

五十年

人のもつ病いやして五十年医の分際を知りて業閉づ

丸椅子に双手をつきて辞儀したる老いし患者の行為忘れず

降る雪を咲きたる花を語り合ひし患者の診察今日にて終る

病初よりわが許に来し患者《クランケ》は先の不安を涙ぐみ告ぐ

わが医院の看板・案内撤去せり五日経ぬれば人忘るべし

五十年関はりゐたる仕事やめ時のけぢめのおぼろになりぬ

ＬＰ盤

老いの身を試す如くに歳末に天袋より出す屠蘇器、軸物

日常の生活の具体少なくて「生」の痕跡あはあはしもよ

「なぜ生きる」とふ本の標題目にとまる八十路半ばの無為に過ごす日

変はりなく陽射し入りくるこの家にいささかの責負ひて生きをり

処分せんととりだすＬＰ盤なれどいよよ執着増しくるものを

撮る

うち続く雨音いつしか夜の闇と融けあふ気配に沈みゆくらし

日すがらに音なく降れる雨のなか青盛り上がるあぢさゐの花

突然に窓よりの風の吹き入りてわが袖口、背を通り行きたり

マニュアルに従ひ撮りたる花菖蒲亡夫《つま》に見せたし可といはれたし

青葉かげ揺らぐ喜多院の五百羅漢時かけ撮りき健やかなりし夫

わが庭の建仁寺垣の朽ちすすむ亡き夫好みて設へしもの

新年

頑なに例年のごと整へて足らひて迎ふるひとりの元旦

玄関をその香にみたし黄水仙唐津の壺にきりりと立てり

孫たちは個性それぞれに長じたり案ずるもあり安らぐもあり

三が日の人混みさくる初詣で重なる齢に祈り深まる

七草粥土鍋にゆるり炊き上げて数ふる齢に父母重ぬ

病みてより老人ホームへ移りたる友に送りぬ三年日記

感触

備前、瀬戸、九谷焼なる手榴弾かの戦《たたかひ》に作られしとぞ

日常の器に親しき焼物の手榴弾をばいかに抱きし

解剖台にふとも触れたる屍体《ライヘ》の掌に虚をつかれたりき生の感触

事あらば人殺め合ふこの矛盾病の対処限りなき世に

帰りみち「櫻の園」など語らひし白皙瘦身の同僚ありき

音もなく雨降りつづく午さがり用なき電話に明るく応ず

些事告げて

ともかくも八十八歳を迎へたり病みがちの吾の戦中戦後

些事告げてわが生まれ日の祝ひ言ふ寡黙なる息子の久々の電話

「松上の鶴」の図の軸床の間に掲げて始む迎春の諸事

納戸より重箱、屠蘇器取り出だし去年《こぞ》のごとくにせんと気負ひぬ

小豆島を一人廻らん目論見に躍る心と萎ゆる思ひと

茎折れてコップに息づくラナンキュラス紅き蕾をゆるゆる解く

失せ物

季巡り延齢草は咲きたるや山家の庭の白樺の許

季くれば無人の庭に花咲かす山草の律儀いやさらに愛し

おくれ咲くレンゲツツジの朱映えて梅雨近き森の緑深まる

あいまいに自立と依存混在す独り暮しの老い人われに

この日頃吾は失せ物多くしてやがて己を見失ふにや

穴を掘り杭打つごとくわが顎にインプラントの作業始まる

閉ざさんと寄る西窓に見る空の梅雨の晴れ間の火の如き色

祈る

齢重ね吾の能力《ちから》の細りゆく日々に祈ること多くなりたり

こだはりて小さき重箱に調へし御節に祝ふ独りの元旦

独りにて迎ふる元旦十余回いまだ淋しさに慣るることなし

明確な思考を溢るる言葉もて「日本の未来」論ずる若きら
若者はなべて早口に論じ合ふ各々の思ひはじける如く

近隣もわが身のさまも変はりゆきこの古き家に住み続けをり

遺言

丸く小さき峰の連なる駿河路を春の陽射しがやはらに包む

卒寿近くなりて他者より促さる遺産の始末遺書の作成
ビジネスと雖も俄かに諾へじ遺言をかけ保管せよとふ

身のめぐり吾に関はらず変はりゆくを静かに目守り時を送らん

アラスカに見たりし向日葵丈低くしかと太陽にま向ひてゐき

宙空に

独立型高齢者住宅の住人となる綾なき暮し是なるや非なるや

巷の音なべて聞こえぬ宙空に吾は住み初む　天に近づく

ヴェランダにうす紫の富士を見つかの山の許に生ひ育ちたり

引っ越しの荷物の種により多寡の在り吾のこだはりの証しとなりて

縮れたるアジアンタムの葉が揺れる人住まぬ庭三週間経つ

わが生淡く

視野の裡に樹木の緑あらまほしアジアンタムをベランダに置く

今日一日人にまみえずもの言はずなべて朧になりゆくかわれ

日常の暮しに削ぐこと徐々に増えわが生淡くなりてゆくらし

丸木柱抱きて皺《しぼ》や瘤を撫で別れを決めぬ住み古りし家

あまたの人暮すところに住み換へて古家のひとりよりいやます孤独

ビルの間をすさまじき音に風が吹く動くものなく風は見えざり

豊かなる葉群が雨にざわめきて路傍の栃の木俄に親し

パッチワークのクッション一つ作らんと亡き夫のネクタイ並べてみたり

帰宅して結城紬にくつろげるかの日の亡夫《つま》のおもかげの顕つ

Ⅲ

森の木

森の木に節度あるらし繁りつつ他の領分を犯さずに伸ぶ

繁りあふ若葉の間《あはひ》を透り来る陽光《ひかり》いびつな形に揺らぐ

肩すぼめひたすら上へ上へ伸ぶ秩父の山にあまた生ふ樹々

原生林を案内するはヘルメット地下足袋着用の若き女子《をみなご》

髪束ね眼耀く女子はこの森を職場と言ひぬ満ち足りた貌

幹を撫で落ち葉を拾ひ懇ろに樹々説く若き女性職員

冬青《そよご》もて染められしとふ絹の糸金茶色なる妙なるひかり

苔の上に形保ちて落ちてゐるサテンのごとき沙羅の花はな

象牙色のサテンの如き沙羅の花をこだはりて愛づ亡夫《つま》思ひつつ

山行き

去年《こぞ》失せしストックを買ふ　山行きを決めてたゆたふ心前進

老女三人つつましく脚のべ薬ぬり自然観察会に備ふる

海抜二千六百の地のあけぼののぞ空の果てなる茜色の弧

雲海の消墨色を睥睨すわれはひと時雲上の人

刻々に大地は転じ雲海の凸の部　茜の色に染まりゆく

柚子湯

朝ごとの味噌汁の味楽しみぬ　健やかなるを自ら認め

耀かず転《まろ》ばず病まずすぎ越して冬至の夜更け柚子湯に浸る

柚子の湯に総身の皮膚を赤くせし亡夫《つま》思ひだす長き夜の更け

「お父さんは柚子湯に真っ赤になったね」と娘《こ》との電話は以心伝心

近く見る蠟梅の花光りつつかすかに明るき光を透す

爺の言葉

五十年住むわが町に本屋失せ電車に乗りゆき月刊誌買ふ

もう一度元気にさせたかつたと爺は泣く九十三歳の婆逝きし夜

推し測る九十六歳爺の言葉　婆との過ぎ越し苦楽の振幅

わが齢諾ひつつもさだかなる画像に衝かる骨粗鬆症

手作り

要なくばこれも省かん独りなれば季節の行事疎みゆく吾

裁ち板は常に茶の間に延べありて家事の合間に母座りゐき

姉と吾の遠足の朝の枕辺に母の手編みのベレー帽ありき

夏休み姉と過ごせし海辺の家に母手作りの服届けられたり

掘りたての筍すぐ茹で京都より送り給はる縁を思ふ

かつて姑《はは》は喜び給へりゆるり炊き木の芽添へたる筍の鉢

方形に区切られし田の若緑風切る電車の窓移りゆく

芽吹きたるさみどりの枝も容赦なく土色に覆ふ春嵐かな

爺ばばら十人息災に集ひたり「サイタ　サイタ」と学びし輩

小学一年ヨミカタの冒頭

銀器

ささやかに営みてきしこの医院今し閉ぢんか思ひもろもろ

子の母はわれのみなれど患者《クランケ》はわれにあらずもと悩みし日あり

稀に開けし袋戸棚より出できたる銀の食器は吾の知らぬもの

黒ずみし銀のスプーン、ナイフなど六十年経て陽の目を見しか

かつて姑《はは》の使ひゐしナイフ、フォーク如何なる料理に並べられしや

小半日かけて銀器を磨きたり輝きてきぬ　その光愛し

緑の雫

妥協せず寡黙なること変はらざる知命の齢の子の性《さが》気遣ふ

少年の思ひそのまま天体望遠鏡どさつと持ち来る知命の息子

夏の昼俄かに烈しき雨降りて樹々は身震はせて緑の雫す

秩父夜祭り

漆黒の空に多彩な花火上がり真冬秩父の夜祭り展く

闇の中かすかな太鼓の音とどき鉾待つ人等のざわめきの止む

厳冬の秩父夜祭り男衆の袷の揃ひ着　刹那異に思《も》ふ

伝統の匠の業をズシリまとふ屋台に見入る師走秩父に

木箱には大正十三年購入と墨書されたるわが家の屠蘇器

真岡木綿、紅絹《もみ》もて屠蘇器を懇ろに包み納めて正月終る

カーブ

灯りそむ彼方の島のうす闇に瀬戸大橋のカーブ溶けゆく

優美なる曲線をもて濃紺の海渡るなり島結ぶ橋

天翔る魔女の思ひに渡りたり瀬戸内の島結ぶ大橋

窓に見ゆ　暗さ増しゆく海の果てに残照赤く画す一線

日々増せる落ち葉かきよす沙羅の根元やさしき音と陽のぬくもりと

石蕗の丸き葉水平に拡がりて昨夜の雨滴を止めて光る

山の家

石垣の石の間に硬貨ほどの定かな形の蜘蛛の巣を見き

この三日はげしき夕立ち雷鳴あり昔の夏の蘇りたる

森の中テレビ新聞なき家に仙人めける一人の明け暮れ

独居《ひとりゐ》は常態なれど来し方のもろもろ思はる夏　山の家

塗の膳に盆のお供へ整ふる姑《はは》の慣ひを継ぎ五十年

大方は盆の行事を独りなす「盆の賑はひ」何処にやある

有為と思はん

ペダル踏みスポーツジムに汗流す有意か無為か　有意と思はん

夏の暑さ長く続きて木犀は未だ香らず彼岸すぎたり

よき日和二日続きて緑濃き葉蔭に見たり木犀の花

やがて陽は葉蔭に至り金色の花むらその香漂はせそむ

「おいしい」と声に出でたり懇ろに出汁《だし》とりつくりし松たけ清汁《すまし》

異国

王宮は有象無象を闇にこめ一色《ひといろ》の灯のシルエットなす

ブダペスト

オレンジ色の灯もて耀ふくさり橋優雅なるかげドナウに揺るる

スパンコールまとひし如く灯に浮かぶペストの丘の石の建物

イスラムとキリストの紋様混在するあまた歴史を抱く聖堂

もろもろの過去ありたらん漁夫の砦対岸より見れば美景の一つ

足裏の土の感触いとほしむ木洩れ日揺れるヴェートーベン散歩道

子等との遊び

ゲル状に煮つめしりんごに「の」の字書きよい塩梅にジャムは仕上がる

識る思ひ熾火の如きをかきたてん木枯らしの中赴く学術講演会

新旧の知識豊かな早口の学術講演耳に享けとむ

仕事もつ母を淋しく思ひけん　子等と遊びしこと数へみる

学校のこと具に聞く間などなくて子等はひたすら耐へてをりしか

よく耐へる娘《こ》にありたれば近頃の音信なきを案じつつをり

新茶

その昔あまた新茶を風呂敷にくるみ背負ひ来る商人ありき

童の吾も膝を揃へて座に交じり新茶幾種か試し飲みたり

幼きに講釈無用新鮮な味蕾はよき茶をやすやす当てぬ

職人

職人の交す言葉に節度あり快く聞く保守など言はじ

先輩の指示に応ふる職人の語尾上がる返事の潔きかな

先輩の命を新人直ぐにうけ真摯になせる雰囲気ぞよし

ポロシャツはネイビーブルーあまた器具収むる帯《ベルト》巻く姿よろし

窓を開けおく

滑らかな筆致に思はず引きこまれ夕べ読みつぐ「海辺のカフカ」

夕つかた家事を押しやり読み進む「海辺のカフカ」の異なる展開

このあたり風の道らし　沙羅八つ手に触れつつ異なる音立てて過ぐ

自転車のわが耳の辺の風の音《おと》その音《おん》なんと表《あらは》しがたし

風と風せめぎあふのか固体なき空に烈しき音させて過ぐ

細き雨石に至りて生るる音かすかに聞ゆ玻璃戸開けば

たそがれて彼方の家に灯る見ゆ俄かに親し窓を開けおく

あとがき

図らずも九十二歳の春を迎えることが出来ました。親族はもとよりこれまで関わった多くの方々のお蔭と感謝いたします。

苦楽を共にした夫が八十歳で他界しました。その折の短歌がきっかけとなり、「星座」の奈賀美和子先生の御指導で第一歌集『過程』が生まれました。その後、五十五年続けた内科医院を閉じ、更に五年後、古家の独居を案じる子供達のすすめで独立型高齢者住宅（現在の棲家）に転居しました。この二月で丸二年になりました。

平穏とほどほどの健康を保ち、変らぬ日々を過しております。ささやかな炊事、編物手芸など時季によって気ままな手すさびを、そして何時でも何処でも携われる短歌を、暮しの因《よすが》と思って暮しています。

この度、ほぼ十年間の短歌をまとめました。「星座」（Ⅰ）、「星座α」（Ⅱ）、「熾」（Ⅲ）に掲載された短歌より選びました。

書名『顔　かほ』は〈火を囲み苧がらをくべし顔と顔おもひ起こしぬ盆送り

の夜〉よりとりました。

かつては姑を中心に夫の兄達家族もわが家族も集い、顔を赤らめ煙をさけして盆送りをしました。かつての一場面を思い起して詠んだものです。

顔と顔が向き合い視線を合せること、そのことのみでも生きている人間を実感します。そこに話すことが生まれれば、意が通じ合い、和み情《なさけ》が湧いてきます。

ささやかな内科医として不特定多数の人に関わってきました。折り目正しいこの老爺、変りなく好調のようだ、とか、○○さんちの嫁さん、痩せはしないけど元気がない、とか。顔は人間らしい大事なものを伝えてくれることを些か意識しつつ生きてきました。そんな事を思い合せ、この歌集名としました。

カバーに用いた写真は住居の最上階から撮ったものです。武蔵野平野の一隅に建ち、四囲に遮るもののない視界、西空の果ての落日が具に見られます。伊豆に生い育った私は、戦時東京空襲の目標になって以来、特別な思いでしばしば富士山を望みます。万感の思いをこめて撮ったものです。

出版に際し、幸せな御縁を沢山いただきました。
まず那須の「沼ッ原湿原を歩く会」を企画して下さった山狂舎の横山伊左夫氏、雑談の折に短歌のお話が出ましたので厚かましくも、情況をお話し、お願いしました。専門の方をと、編集を「短歌人」の藤原龍一郎氏、出版を六花書林の宇田川寛之氏が担当して下さいました。お二方には大層御苦労をおかけいたしました。そして、「星座」の尾崎左永子先生、奈賀美和子先生には、終始見守られ御指導頂きました。お蔭をもちまして一冊の本にまとまりました。厚く御礼を申し上げます。

令和二年二月

波多野幸子

顔 かほ

令和2年4月24日 初版発行

著　者——波多野幸子
〒336-0031
埼玉県さいたま市南区鹿手袋4-31-10
ライフハウス浦和507

発行者——宇田川寛之

発行所——六花書林
〒170-0005
東京都豊島区南大塚3-24-10-1A
電話 03-5949-6307
FAX 03-6912-7595

発売——開発社
〒103-0023
東京都中央区日本橋本町1-4-9　ミヤギ日本橋ビル8階
電話 03-5205-0211
FAX 03-5205-2516

印刷——相良整版印刷

製本——仲佐製本

定価はカバーに表示してあります
ISBN978-4-910181-00-4 C0092